Tea Sisters

Hola, amics! Sóc Tea Stilton, la germana de Geronimo Stilton! Sóc l'enviada especial de L'Eco del Rosegador, el diari més famós de l'Illa dels Ratolins. M'encanta viatjar i m'agrada conèixer gent de tot el món, com les Tea Sisters, cinc amigues d'allò més especials! Ara us les presento!

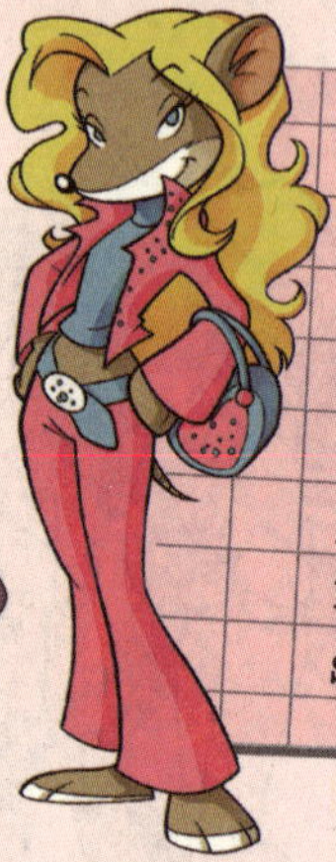

Colette té una autèntica passió pel color rosa i és la noia més addicta a la moda del grup. I precisament perquè cuida tant la seva imatge personal, sempre fa tard!

A **Violet** li encanta estudiar i conèixer coses noves. Li agrada la música clàssica i el seu somni és convertir-se en una gran violinista!

Pamela menjaria pizza fins i tot per esmorzar. És una mecànica de cotxes molt bona: doneu-li un tornavís i repararà qualsevol motor!

PAULINA és un pèl tímida i maldestra, però molt altruista. Coneix gent de tot el món perquè li encanta viatjar!

Nicky és australiana i és una apassionada de la natura i de l'ecologia. Li agrada viure a l'aire lliure i no para mai quieta!

Tea Sisters

Tea Stilton

EL PROJECTE SUPERSECRET

DESTINO

Textos de Tea Stilton
Coberta de Giuseppe Facciotto
Coordinació artística de Flavio Ferron
Il·lustracions interiors de Barbara Pellizzari *(disseny) i* Francesco Castelli *(color)*
Disseny gràfic de Marta Lorini
Mapes: Arxiu Piemme
*Idea original d'*Elisabetta Dami

Títol original: *Il progetto super segreto*
Traducció d'Ursula Bedogni

Estrella Polar, Pedro i Pons, 9-11, 08034 Barcelona
www.estrellapolar.cat
info@estrellapolar.cat
www@geronimostilton.cat

Primera edició: juny del 2012
Quarta edició: juny del 2015

ISBN: 978-84-9932-844-7
Dipòsit legal: B. 11.486-2012
Fotocomposició: Infillibres, S. L.
Imprès a Espanya - Printed in Spain

Contrasenya

La TARDOR començava a tenyir amb els seus colors càlids el jardí de la Universitat de Ratford.

Les fulles vermelles i daurades a les branques onejaven dolçament, bressolades per un ventet suau.

La professora Rosalyn Plié caminava tranquil·la, embadalida per la **bellesa** del paisatge. Una bona passejada al bell mig de la NATURA era la seva recepta infal·lible per trobar la inspiració per a les coreografies dels seus alumnes del curs de dansa.

De cop i volta, un estrèpit va trencar la quietud del jardí, i branques, fulles i matolls van tremolar com sota l'efecte d'un CICLÓ. Rosalyn Plié va aixecar el cap al cel i va entreveure un gran HELICÒPTER fosc, amb les inicials VV ben visibles en un costat.

—Vik i Vainilla han tornat de la seva setmana de vacances! —va exclamar una veu estrident darrere la professora.

Una altra veu, més baixa i melodiosa, va afegir:

—En el seu helicòpter privat, és clar!

La professora es va girar i va veure Nicky i Violet, dues alumnes del seu curs de dansa.

Les noies estaven creuant el jardí transportant dues pesades CAIXES.

—Bon dia, professora!

Rosalyn les va saludar amb un amable SOMRIURE.

Les noies es van dirigir cap a la gran persiana tancada del GARATGE de Ratford.

Nicky va deixar la seva caixa i va trucar a la porta.

—Contrasenya? —van demanar a l'interior.

Nicky va esbufegar:

—Uf! Que pesats...

En canvi, Violet va contestar:

—LEONARDO DA VINCI!

I la porta es va obrir.

Sóc invisible?

Mentrestant, l'helicòpter de Vissia De Vissen havia ATERRAT a la clariana al costat de la universitat. Vissia va baixar amb els seus fills Vik i Vainilla i va aprofitar els últims instants

per DONAR als joves rosegadors un dels seus consells autoritaris:

—No us heu d'oblidar que heu nascut per GUANYAR!

Vik va bufar i es va encaminar cap a la universitat sense contestar-li. Vainilla, en canvi, li va fer un petó a la galta:

—El teu lema és el meu, mami! «Guanyar sempre, costi el que costi»!

Després, la noia va seguir el seu germà, llesta per entrar triomfalment. Duia un meravellós vestit d'alta costura, DISSENYAT expressament per a ella. Estava segura que les companyes la bombardejarien a preguntes i ja anhelava el seu moment de glòria...

Però les coses no van anar tal com ella s'esperava!

—Ja sóc aquí! —va declarar, aturant-se al llindar de l'entrada principal de la universitat—.

No us podeu imaginar què va passar a la RECEPCIÓ on ens van convidar...

JA SÓC AQUÍ!

Però es va aturar immediatament, contrariada. Ningú no li feia cas!

—EP! Que sóc invisible?! —va rondinar Vainilla, mirant al seu voltant. Els passadissos estaven plens d'estudiants enfeinats, amb els braços carregats de caixes i eines estranyes, i ningú li dedicava més que un hola ràpid!

Vik també mirava perplex l'activitat frenètica dels seus companys.

—Deu haver-hi alguna NOVETAT! —va remugar.

En aquell moment van veure que arribava... una caixa enorme amb potes! En realitat, es tractava de Shen, mig amagat darrere de la seva càrrega, d'on sobresortien uns instruments estranys.

Vik s'hi va apropar:

—Shen, ets tu? Què passa? Aquí a la universitat hi ha un ambient FRENÈTIC!

Shen va estirar el coll des del darrere de la caixa i va replicar:

—Què dius, ara? No te'n recordes?! Està a punt de començar el **concurs** anual de l'associació internacional Rats per la Ciència! El professor **Espurna** ens en va parlar fa un mes!

—Oh, tens raó, me n'havia oblidat! —va contestar Vik, picant-se el front amb una pota.

—Uf, la **ciència...** quin avorriment! —va bufar Vainilla, al seu costat.

Shen la va ignorar i va continuar la seva explicació, amb paciència:

—Aviat arribaran grups d'estudiants de les universitats més famoses del món per presentar els seus **projectes científics.** Un tribunal de científics de fama internacional premiarà el millor projecte finançant-ne el desenvolupament!

L'explicació va despertar la CURIOSITAT de Vainilla:

—Vols dir que hi haurà una mena de competició... amb un premi?

—És clar! —va confirmar Shen—. Els alumnes de Ratford ens esforçarem per guanyar!

Mentre Shen parlava, de la seva caixa queien unes gotes d'OLI fosc de maquinàries, que havien format un bassal sota els seus peus, però ell estava tan concentrat que ni se n'havia ADONAT.

—Perdoneu... me n'haig d'anar —va concloure, reprenent la marxa amb esforç—. Aviat arribaran les delegacions de les altres universitats i he d'ajudar a organitzar la rebuda i a preparar la festa per al lliurament...

Però no va poder acabar la frase perquè tan bon punt va posar el peu al bassal d'oli...

SUIXXX... PATAPAM!

El noi va caure de potes enlaire!

El rock del sistema solar

El pobre Shen es va fer un **ESQUINÇ** al turmell i el contingut de la caixa es va escampar pertot arreu.

Vik va ajudar l'amic a recollir els objectes i el va acompanyar a la **INFERMERIA**, mentre que Vainilla, amb por de tacar el seu preciós vestit d'alta costura amb l'oli, va fugir **POTES AJUDEU-ME!**

Una estona més tard, la noia va entrar a la sala del Club de les Sargantanes amb una mirada molesta: ningú no havia presenciat la seva entrada **triomfal!**

Una veu va cridar el seu nom:

—***VAINILLA!***

«Per fi una admiradora!», va pensar Vainilla.

—Has tornat! —va xisclar Alícia, apropant-s'hi corrents.

El somriure de Vainilla es va congelar, i després es va convertir en una ganyota fastiguejada.

El cap i les potes de l'amiga sortien d'un estrany vestit rodó amb unes estrambòtiques ratlles vermellenques: semblava una PILOTA enorme!

Tot seguit també hi van acudir Connie i Zoe, disfressades de manera semblant, i van rodejar Vainilla per saludar-la.

—No toqueu el meu vestit! —les va amenaçar Vainilla—. És una peça exclusiva! No com els vostres, que són HORRIBLES... Què us heu posat?

—En realitat, són disfresses. Ens hem disfressat de planetes! —va exclamar Alícia.

Zoe li va explicar:

—La professora Plié ens va demanar que preparéssim un **ballet** per al lliurament del premi del concurs científic i nosaltres hem creat un número titulat «El **Rock** del Sistema Solar»!

Tot veient que Vainilla havia alçat una cella desaprovant, Connie va intervenir per tal de justificar-se:

—Les Tea Sisters estan treballant en un projecte científic i nosaltres no podíem quedar-nos de potes plegades!

—Malauradament, els planetes són **VUIT** i nosaltres només som **QUATRE**, però hem decidit triar... —va refilar Alícia.

Vainilla la va interrompre:

—Quatre? Què estàs dient? Només sou tres!

—Sí, però a tu també t'hem preparat una DISFRESSA! Nosaltres som Mart, Júpiter i Saturn... T'hem reservat el millor paper! Seràs... el **SOL!**

Alícia, tota entusiasmada, va treure d'una caixa una disfressa rodona, amb una cremallera en un costat i quatre forats per a les potes, amb lluentons i uns FILS foscos que representaven els rajos.

Vainilla va exclamar enutjada:

—Ni ho somieu que em posaré aquesta **MONSTRUOSITAT.** És ridícul i terriblement antiquat!

—Però és per al nostre ballet —va murmurar Alícia, decebuda—. Nosaltres girarem al teu voltant i...

—Prou! Oblideu-vos d'aquesta ximpleria del ballet i acompanyeu-me a la meva habitació. Hem de pensar en coses més importants! Vull que m'expliqueu fil per randa què estan fent les Tea Sisters...

El regne de Pamela

Mentrestant, les Tea Sisters estaven reunides en l'anomenat «regne de Pamela»: el **TALLER** mecànic del garatge de Ratford!

Pam era una experta en **CARGOLS** i **FEMELLES** i el taller era el lloc ideal per treballar en el projecte que volien presentar al concurs Rats per la Ciència. En aquell moment, la noia estava ajaguda sota una estranya **BUTACA** amb rodes, d'on sortien milers de cables connectats a l'ordinador de Paulina.

—**Fet!** —va exclamar alegrement Pam, aixecant-se tota **BRUTA** de greix—. Aquesta joia ja està llesta per fer les primeres passes!

—No m'ho puc creure! —va continuar Nicky, emocionada—. Després de treballar-hi durant dies sencers, per fi el **tecnomòbil** està acabat!

Tecnomòbil era el nom que les noies havien posat al seu invent per al concurs: una butaca teledirigida capaç de **MOURE'S** sobre qualsevol tipus de terreny i fins i tot de superar petits obstacles volant!

—Què dius, acabat! —va protestar Colette, que continuava **COSINT** sense parar un teixit de colors—. No voldreu pas presentar-lo sense un punt d'estil **femení!**

Paulina va exclamar, amoïnada:

—Doncs, us haureu d'afanyar amb la tapis-

FET!

seria, amigues: demà és el gran dia de la **selecció!**

—El rector també ens va demanar que organitzéssim la recepció dels equips de les altres universitats... però encara no hem tingut **TEMPS!** —va rondinar Colette.

Violet va replicar amb un gran somriure:

—No us amoïneu, ho aconseguirem! El nostre tecnomòbil serà un dels projectes més innovadors!

Precisament en aquell instant van picar a la porta:

TOC TOC TOC TOC... TOC TOC

—Deu ser Shen! —va exclamar Paulina—. Just a temps per provar l'invent!

Pam va assentir, amb entusiasme:

—Exacte, germana! Ens va ajudar molt en el tema INFORMÀTIC, per això serà ell qui farà la primera volta!

Abans que les noies poguessin demanar la contrasenya, la porta es va obrir i al llindar va aparèixer la professora de cant, Ratèsia, que aguantava Shen. El noi tenia un posat TRIST.

—Us he portat el vostre amic —va explicar Ratèsia amb la seva veu MELODIOSA—. He vist que sortia de la infermeria i he decidit acompanyar-lo fins aquí. —Després va

afegir:— A més, reconec que em moria de CURIOSITAT de veure el vostre projecte!

Les noies van atendre la professora, mentre Paulina es feia càrrec de Shen.

—Però, què t'ha passat? —va demanar, amoïnada, assenyalant l'EMBENAT que li subjectava el peu.

—Un esquinç al turmell... —va explicar ell ben moix.

Els ulls de Pam es van il·luminar:

—Fantàstic! És el que necessitàvem!

En sentir aquestes paraules, les amigues es van girar alhora i la van mirar bocabadades.

Llavors Pam va explicar:

—Ehem... volia dir... em sap molt de greu que t'hagis fet mal, però així podrem demostrar que la nostra butaca és realment ÚTIL! És a dir, que també la pot fer servir qui té dificultats de moviment!

De sobte, la cara trista de Shen es va il·luminar:

—Ho dius de debò, Pam? Creus que podré fer el RODATGE tot i estar així?

—És clar que sí! —va contestar ella—. De moment, el comandament no està actiu, així que et guiarem nosaltres, amb el mòbil de Paulina. Posa't el casc i puja: EN MARXA!

Tecnomòbil fenomenal

Tan bon punt Shen es va acomodar dins l'estrany invent de les noies, Paulina va prémer un botó a l'ordinador i el tecnomòbil va començar a vibrar.

TRRRRRRRRRRRRRRRRRRRRRRR

Aleshores, el sostre va lliscar cap endavant, les dues rodes van baixar i el vehicle es va tancar com un ou.

Shen estava lligat amb un cinturó de seguretat doble i envoltat per... coixins!

De fet, la tapisseria del seient que Violet i Colette estaven preparant encara no estava acabada, i les noies havien lligat al voltant del valent pilot uns coixins i unes mantes, per tal d'evitar que els **salts** del vehicle poguessin provocar-li alguns cops.

Per fi les rodes van començar a girar i el vehicle va avançar fent **ZIGA-ZAGUES.**

—Es mou... es mou! —va exclamar Pamela. Després va avisar Nicky i Colette, que eren a prop a la sortida:— Ràpid, obriu la porta de bat a bat!

Paulina **DIRIGIA** el tecnomòbil amb el seu mòbil i així va poder seguir-lo a l'exterior. El petit vehicle es va endinsar en el carreró de la universitat, seguit per les noies i la professora.

—**Camina!** No, millor, corre! —va exclamar Nicky botant de l'emoció.

Pamela va animar Paulina:

—Provem-lo sobre la grava! A veure com funciona en un terreny accidentat!

EL TECNOMÒBIL VA COMENÇAR A VIBRAR...

...LES RODES VAN BAIXAR...

TROINC... TROINC...

El tecnomòbil va botar sobre les pedres com si fos un cangur, dirigint-se perillosament cap a un MUR.

Pam va xisclar, alarmada:

—Paulina, treu l'hèlix, ràpid!

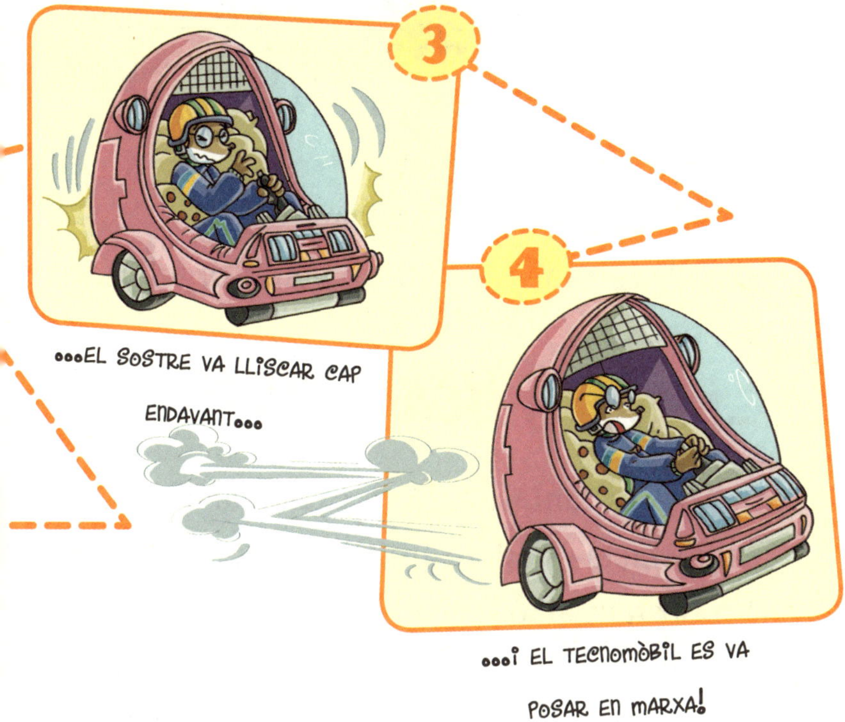

Els dits **superàgils** de Paulina van activar el comandament, però el vehicle va continuar impertèrrit cap endavant.

La seva cursa amb **robots** apuntava de dret a l'obstacle!

De cop i volta, però, es va obrir una vela en espiral damunt del sostre i...

...el tecnomòbil es va AIXECAR prou enlaire per superar el mur.
—VISCA! —va cridar Pam.
Les altres van fer el mateix, molt orgulloses del seu èxit.

—VISCA! VISCA! VISCA!

—Això és fantàstic! —va exclamar Ratèsia, estupefacta—. El vostre projecte... vola!
No obstant això, després de superar el mur, el tecnomòbil es va inclinar cap a un costat i va aterrar... fent una volta de CAMPANA!
Les noies van córrer cap al vehicle, amoïnades. Afortunadament, després d'uns instants Shen va sortir de la cabina, una mica confós, però sa i estalvi.
—No t'amoïnis, Shen! —el va tranquil·litzar Pamela amb un SOMRIURE—. Ara repararé els comandaments... i et prometo que demà no tindrem cap problema amb els ATERRATGES!

VISCA!!!

Shen es va ajustar les ulleres i va somriure:
—Mai no havia fet un viatge tan DIVERTIT! Aquest tecnomòbil és una passada!

Els plans de Vainilla

Mentrestant, a l'habitació de Vainilla tenia lloc un autèntic **interrogatori!** La superconsentida De Vissen volia saber-ho tot sobre el **projecte** de les Tea Sisters, però les seves amigues no n'estaven gaire al corrent.

—Els experiments són supersecrets —va tallar Connie—. Només he sentit que es tracta d'una mena de cotxe del **FUTUR!**

—De tota manera, demà ho sabrem, oi? —va replicar Alícia ingènuament.

—Demà? I per què? —va demanar Vainilla.

—Perquè demà faran les seleccions —li va explicar Zoe.

—Altres alumnes de la universitat han preparat projectes, però cada UNIVERSITAT en pot presentar com a màxim dos. Per això un tribunal format pels professors triarà quin treball representarà Ratford al concurs...

—I la idea de les Tea Sisters és de bon tros la favorita! —va dir Alícia.

Vainilla va tremolar, enutjada: les seves rivals assolirien l'enèsim èxit, mentre que ella es quedaria a l'ombra rosegant-se les potes per l'enveja.

—Però a nosaltres no ens importa, oi? —va intentar tranquil·litzar-la Zoe—. No ens interessen les assignatures científiques!

—És clar que no —va contestar-li Vainilla—. Quina necessitat tinc d'entendre com funciona el darrer giny tecnològic si només l'he de comprar?

De sobte va tenir una idea... però per realitzar-la s'havia de quedar sola!

—ESTIC CANSADA! Necessito relaxar-me! —va concloure, i va demanar a les seves amigues que marxessin.

Tan bon punt van sortir de l'habitació, Vainilla va agafar el seu darrer model de mòbil i...

—Hola, mama! T'he de demanar un favor! Ha de ser ràpid, no, millor, ARA MATEIX!

Un estrany individu

L'endemà al matí, Nicky es va aixecar ben d'hora per fer la seva **CURSA** quotidiana. Era el dia de la selecció dels projectes i necessitava alliberar-se de la tensió amb una mica d'exercici.

Al sender que duia al port va topar amb el *senyor Show,* el professor d'interpretació del curs de Disciplines Artístiques de la universitat.

Duia un xandall, però caminava distret, tot inspirant els **perfums** de la tardor.

—Bon dia, professor! —el va saludar contenta—. A vostè també li agrada córrer de bon matí?

Show es va girar, sorprès. En realitat era molt

mandrós i les seves activitats atlètiques es reduïen a unes passejades *tranquil·les.* Però no volia quedar malament amb la seva alumna.

—Ehem... és clar que sí! Si no corro **VUIT** quilòmetres cada matí...

—***Quina meravella!*** —va exclamar Nicky—. Per què no correm junts?

Així doncs, el professor es va sentir obligat a

seguir Nicky, que corria quilòmetres pels estrets SENDERS de terra batuda que duien de la universitat al poble.

Show va arrencar molt animat, però ben aviat va haver de gastar totes les seves energies per simular que no estava cansat.

—Tot bé, profe? Vol que afluixi el ritme? —va demanar Nicky.

—No... puf... arf... —va contestar ell, aixecant-se amb un punt d'orgull—. Ara començo a escalfar-me... ARF!

Però al tercer quilòmetre es va aturar en sec i va seure en una pedra.

—He tingut... puf, arf... una inspiració d'improvís per a una nova comèdia... —es va justificar panteixant—. Em quedaré aquí una estona... puf... per pensar-hi! Tu pots continuar sola...

Nicky li va passar la cantimplora; després el va deixar allà perquè recuperés l'alè i va continuar la seva cursa.

Un cop al poble, es va dirigir cap al moll dels pescadors i es va refrescar amb l'AIGUA de la font.

Mentre descansava abans de reprendre la cursa, va veure baixar d'un aliscaf un individu més aviat nerviós.

Seguia els camàlics impartint ordres i corria amunt i avall per poder controlar totes les

CAIXES que treien de la bodega i carregaven en una FURGONETA vermella.

—Vigila! No la sacsegis! Són coses fràgils... Pobre de tu si les trenques!

«Sí que n'és de nerviós, aquell senyor!», va pensar Nicky. Després va mirar el rellotge i es va sobresaltar: JA EREN LES VUIT!

Havia de tornar a la universitat si no volia perdre's la presentació del tecnomòbil.

Així que va pujar a CORRE-CUITA cap al turó.

Cop d'escena

Un cop arribada a la universitat, Nicky es va dutxar i després es va dirigir cap al GIMNÀS, on tindria lloc la selecció dels projectes científics.

Va ser allà on va veure Vainilla discutint animadament amb l'ESTRANY INDIVIDU del port.

«Deu haver arribat abans amb la seva furgoneta vermella», va pensar Nicky.

s'hi va apropar ENCURIOSIDA.
«Vés a saber per què ha vingut aquí a la universitat!».
Tot i així, Vainilla es va adonar de la seva presència i es va allunyar ràpidament del seu MISTERIÓS interlocutor, que va marxar.
Després va saludar Nicky com si res:
—Estimadíssima! Què hi fas aquí, encara? No ho saps que la presentació dels projectes ja ha començat?
Nicky va sospitar per l'estranya actitud de Vainilla, però aquest cop tenia raó ella: era molt tard! Així doncs, la va saludar amb un gest ràpid i es va afanyar per reunir-se amb les seves amigues.
Pam la va rebre a l'entrada del gimnàs, estirant-li un braç:
—Ets aquí, per fi! Vine!
Shen ja s'havia posat el casc de PROTECCIÓ i Colette i Violet feien els darrers retocs a la tapisseria dels seients del tecnomòbil.

Havien treballat tota la nit per acabar-la i ara estaven **supercansades!**

La presentació va ser un èxit. El tecnomòbil va obeir dòcil les ordres de Paulina: va **caminar** seguint una línia a terra sense desviar-se, va superar un petit obstacle gràcies a la seva vela amb l'hèlix i, quan es va aturar, Shen en va baixar somrient. Després va fer una gran reverència al tribunal, tot ensenyant que l'**EMBENAT** del turmell no s'havia fet malbé.

Els professors ja havien examinat tots els projectes i el rector De Ratis estava llest per anunciar els dos projectes guanyadors, quan...

—**Un moment!** També heu de valorar el meu projecte!

Tots es van girar encuriosits i van veure Vai-

nilla, que avançava empenyent una gran BANYERA amb rodes, plena d'aigua i amb un petit jardí flotant.

Vainilla duia una bata de color verd fosc i una estranya diadema al cap amb un disseny FUTURISTA.

La noia va començar la seva presentació:

—Aquest és un projecte en què he treballat

pel meu compte durant molt de temps! És un... mmm... —va dubtar, va ajustar-se millor l'estranya diadema i va continuar—: És una illa! Es mou... ehem... és a dir, aprofita els CORRENTS marins per situar-se als llocs més favorables i... ehem, gràcies a les pales eòliques i les plaques solars produeix fruita, hortalisses i després... què?! No sen... ehem!

Vainilla es va interrompre de nou i es va posar VERMELLA, després va acabar ràpidament:

—Bé! Fa molts PRODUCTES sense necessitat de fertilitzants ni carburants contaminants!

La presentació de Vainilla va ser maldestra, però el prototip era realment FORMIDABLE. El model es movia dins la banyera reproduint les condicions d'una autèntica ILLA autosuficient.

Les pales dels generadors eòlics giraven lentament i al jardí en miniatura hi creixien autèntiques **maduixetes** de bosc!

Els professors del tribunal van xerrar una estona i finalment van emetre el veredicte: la Universitat de Ratford presentaria al concurs l'illa de Vainilla i el tecnomòbil de les Tea Sisters.

Era l'inici d'un nou duel!

Benvinguts a Ratford!

Els projectes per al **concurs** havien estat triats i els alumnes de Ratford es preparaven per rebre les delegacions de les altres universitats.

Cada edició de **RATS PER LA CIÈNCIA** atreia estudiosos i joves d'arreu del món!

El rector de Ratford va donar la benvinguda als alumnes i als científics que formarien part del **JURAT** internacional.

Violet i Colette formaven part del comitè de **RECEPCIÓ**. Violet havia preparat unes **CARPETES** que contenien informació sobre l'illa, la universitat i l'allotjament de cada grup. Colette, en can-

Universitat
de Yoshimune
Univer-
sitat de
Swagat
Universitat
de
Ratridge
Universitat McLellys

Univer-
sitat de
Ratosky
Professor del jurat

vi, repartia uns **CISTELLS** plens de fruita i formatges típics. Les altres Tea Sisters **abraçaven** els seus amics de la Universitat Yoshimune de Kyoto,* al Japó.

També hi havia l'equip de la prestigiosa Universitat de Ratridge,** d'Anglaterra, el de la Universitat de Swagat de l'Índia, i més equips. L'equip de la Universitat de Ratosky, de Rússia, estava format per una noia i dos nois molt simpàtics, però increïblement **despistats**.

* *Els vau conèixer al llibre* El misteri de la nina desapareguda.

** *Vegeu el llibre* Un bon embolic a Nova York.

Violet els va haver d'acompanyar agafant-los per la pota, per no córrer el perill de perdre'ls!

Colette, en canvi, va ser envoltada pels **golafres** representants de la Universitat Ellis McLellys de Glasgow, a Escòcia, que es van cruspir tots els **formatges.**

L'alegria i la confusió feien pensar més aviat en una gran **FESTA** que en una trobada científica!

Es busca Robotalp!

L'endemà, el gran gimnàs de Ratford va acollir l'exposició dels projectes del concurs. Cada equip tenia a la seva disposició un espai on exposar el seu PROTOTIP.

Tot havia estat organitzat amb cura, però... sense comptar amb aquells despistats de la **Universitat de Ratosky!**

Feia poc que havia sortit el sol quan es van precipitar cap a la porta de Violet i van començar a bombardejar-la a cops. **TOC TOC TOC**

—Quin desastre! Quina catàstrofe! **L'hem perduda!**

Violet es va arrossegar fins a la porta i va badallar:

—Qui és? Què ha passat?

—Hem perdut Tamara! —van contestar els nois, afligits.

Violet es va fregar els **ULLS**:

—Tamara? És una amiga vostra? Potser està esmorzant...

—No, no! —va insistir Pavel, el cap de l'equip, **DESESPERAT**—. Tamara només menja terra!

De sobte, Violet es va despertar: quina història tan **ESTRANYA** era aquella?

—Tamara és el nostre **ROBOT!** —va explicar Irina, l'altre membre de l'equip—. **EL NOSTRE PROJECTE!** Tamara és un robot especial en forma de talp que serveix per buscar **AIGUA**. És capaç de trobar la més petita font d'aigua en qualsevol terreny!

Els alumnes de la Universitat de Ratosky

semblaven desesperats: **HAVIEN PERDUT EL SEU VALUÓS PROTOTIP!**

Violet els volia ajudar, però no sabia per on començar! Després va recordar la saviesa de l'avi Chen, que sempre deia: «Primer beguem una bona infusió, després resoldrem la situació!».

La calma de Violet va contagiar els alumnes de Ratosky. Asseguts al voltant d'una taula després d'una tassa d'INFUSIÓ de melissa, els dos joves van aconseguir explicar-li fil per randa el funcionament del seu prototip.

—Pensem que pot ser un invent molt útil, però vés a saber on s'ha ficat... —va concloure Irina.

—Bé —va dir finalment Violet—. Tinc una idea!

—Quina?!? —van insistir.

—Si hem de trobar Tamara, el robotalp... —va resumir Violet— ...i Tamara el robotalp busca l'aigua... Nosaltres buscarem l'AIGUA i la trobarem!

—VISCA! —van cridar tots els nois alhora.

Malauradament, la tasca no seria gens fàcil!

GIMNÀS DE CIÈNCIA

Mentre Violet ajudava els **estudiants** de Ratosky, Colette va haver d'aguantar les pretensions de l'equip de Ratridge!

Els grups havien començat a col·locar-se al seu **lloc** i Pamela ja era al costat del tecnomòbil, amb Paulina, Nicky i Shen. Els presumptuosos representants de Ratridge, en canvi, es van presentar al gimnàs amb les **MANS BUIDES** i van començar a examinar pam a pam l'espai que els havien assignat, amb posat crític.

—Hem de portar el nostre projecte aquí, amb tots els altres? —van demanar a Colette **arrufant** el nas.

—El gimnàs és molt gran! Hi cap tothom! —va contestar ella amb paciència.

—I la seguretat? —va replicar Rebekka, la cap de l'equip.

Un altre membre de Ratridge, Axel, va afegir:

—Qui ens garanteix que ningú no COPIARÀ el nostre invent?

Colette va arronsar les espatlles:

—Si no voleu ensenyar el vostre prototip, tapeu-lo amb un drap!

—No n'hi ha prou! —van insistir—. Necessitem un local amb ALARMA i VIDEO-VIGILÀNCIA amb circuit tancat!

No hi havia manera: era impossible raonar amb ells!

Colette començava a posar-se nerviosa. Per sort, Nicky va acudir a ajudar-la, intentant convèncer els visitants:

—La presentació començarà d'aquí a poc, no tindríem temps de copiar-vos.

Però els joves de Ratridge eren d'allò més tossuts.

—*Vosaltres no ho enteneu!* —va exclamar Rebekka—. El nostre prototip no és com els vostres INSIGNIFICANTS projectets. La nostra idea és RE-VO-LU-CI-O-NÀ-RI-A!

Mentre Nicky i Colette aguantaven els estudiants de Ratridge, Violet va entrar al gimnàs amb l'equip de Ratosky i va demanar ajuda a Pamela i Shen per buscar el **robotalp** perdut. Així, finalment, al costat del tecnomòbil es va quedar només

Paulina. Vainilla, en canvi, amb l'ajut de Connie, Alícia i Zoe, observava el **projecte** de les Tea Sisters.

Vik va arribar a l'estand de la seva germana amb un posat avorrit i li va deixar un CD:

—La mare m'ha donat això per a tu...

Vainilla va arrencar el CD de les mans del seu germà:

—**PER FI!** I ella on és? Per què t'ha enviat a tu?

Vik la va mirar, amb aire **SUSPICAÇ**:

—Ha dit que havia de **xerrar** amb el tribunal... Vainilla, què esteu maquinant? A mi no m'enredeu!... Vainilla?

UNIVERSITAT DE RATTENDAM
LLEGEIX AQUÍ!
GUANYAREM NOSALTRES!

AQUEST PROJECTE ÉS FANTÀSTIC!
MIRA!
TÉ!

Però la seva germana no va contestar; **VIGILAVA** els moviments de les Tea Sisters. Havia decidit que participar al concurs no era suficient: volia assegurar-se que les seves rivals quedessin **MALAMENT.** I aquell **DISQUET** formava part del seu pla...

El cicló Tamara

Paulina seguia l'ANIMADA discussió entre Colette i els nois de Ratridge. Per sentir-ho millor es va allunyar de l'ordinador. Aleshores, Vainilla es va moure RÀPIDA i SILENCIOSA a les seves espatlles, amb el CD que li havia deixat la seva mare. «En un tres i no res les Tea Sisters estaran fora de combat!», va pensar Vainilla mentre ficava el CD dins l'ORDINADOR de Paulina.

Però no va tenir temps de treure'l, perquè Paulina es va girar:

—Hola, Vainilla! Necessites alguna cosa?

Vainilla va tartamudejar:

—N-no, res! Ehem... Quin ordinador més bonic. És nou?

En aquell moment, a l'exterior es va sentir un gran ESTRÈPIT i la veu potent d'Isidor, el jardiner i factòtum de la universitat.

—UAAAG! Fora del meu hort!

Per fi havia aparegut el robotalp Tamara! El botó del motor s'havia bloquejat i el robot havia començat a moure's endinsant-se entre els conreus d'Isidor, i els estava destrossant tots!

—QUIET! QUIET! —repetia el jardiner mentre intentava agafar-lo inútilment.

—És ràpid com un LLAMP! —va comentar Nicky, que hi havia acudit amb Violet i els estudiants de Ratosky.

—Tard o d'hora s'acabarà la bateria i s'aturarà tot sol, oi? —va preguntar Violet, confiada. Pavel va sacsejar el cap.

—Es carrega menjant terra. I aquí de terra no n'hi faltarà mai!

Violet va sospirar desconsolada. Després va reflexionar:

—Bé! —va exclamar—. Si el que busca és AIGUA, li preparem una trampa amb l'aigua!

Va agafar la regadora i va crear un SENDERET que sortia de l'hort d'Isidor i arribava fins a l'entrada del gimnàs.

—Prepareu-vos per atrapar-lo, quan surti de l'hort!

Però era més fàcil dir-ho que fer-ho! Tamara va sortir DISPARADA com un cicló cap a Violet i li va botar a sobre fent-la caure de potes enlaire!

EEEH!

Després, el petit robotalp va seguir el rastre de l'aigua com un gos rastrejador, però tan bon punt va arribar a l'entrada del gimnàs es va aturar, ensumant l'aire.

ESNIF ESNIF ESNIF

—VIGILEU! Busca més aigua! —van cridar els nois de la Ratosky... Massa tard: Tamara ja estava apuntant a l'enorme BANYERA del projecte de Vainilla!

Va agafar embranzida i s'hi va capbussar. ESPLAIX!!!

De cop i volta, va aparèixer l'**individu** que Nicky havia vist al moll i amb un salt **RÀPID** va atrapar el talp mecànic, salvant el projecte de Vainilla.

Nicky el va mirar **BOCABADADA:**

—Un altre cop?!

Però no va tenir temps d'anar cap a ell; en un instant, s'havia **esfumat...**

Un curtcircuit misteriós!

De seguida, el robotalp Tamara es va convertir en l'ESTRELLA del dia!
Pavel i els seus companys no deixaven de donar les gràcies a Violet, mentre Colette intentava apaivagar l'enrenou dels equips, causat per aquella estranya caça del talp.
Ningú, doncs, es va ADONAR del que estava a punt de passar...
El tecnomòbil de les Tea Sisters era obert i connectat a l'ordinador, llest abans de l'arribada del tribunal. Però de sobte es va encendre una llumeta verda i el sostre va relliscar cap endavant.

TRRR-TRAC! TRRR-TRAC! TRRR-TRAC!

El vehicle es va tancar i... va avançar tot sol, sense que ningú el dirigís!

—EL TECNOMÒÒÒBIL! —va xisclar Pam quan se'n va adonar.

L'equip de les Tea Sisters va començar a perseguir el vehicle fora de control.

—Però, qui el condueix? —va demanar Shen, incrèdul.

—Ningú! —va cridar Paulina, CORRENT cap a l'ordinador. Però tot i que va moure el ratolí i va prémer els BOTONS, l'ordinador no va respondre!

Mentrestant, el tecnomòbil corria amunt i avall pel gimnàs, xocant i botant contra els obstacles amb què topava i fent fugir tothom

POTES AJUDEU-ME!

Va envestir l'estand de la Universitat de

Swagat, fent rodolar pertot arreu els seus **pelapatates** en forma d'aranya.

Pamela i Shen van intentar aferrar-lo tirant-li a sobre un **TELÓ**, però tot esforç va ser inútil!

El tecnomòbil va arribar a la porta de sortida i es va dirigir a tot drap cap a un **BARRANC.**

Shen va cridar desesperat:

—**ATURA'T! ON VAS? NO, NO VAGIS CAP ALLÀ!!**

Després, de sobte... el tecnomòbil es va precipitar al barranc!

Les Tea Sisters i Shen van mirar astorats la seva creació, que queia avall avall.

—Si almenys s'hagués obert l'hèlix d'espiral... —va exclamar Pam **DESCONSOLADA.**

Però tot havia passat tan de pressa, i d'una manera **INEXPLICABLE...**

Només una cosa era segura: un dels dos projectes de la Universitat de Ratford s'havia eliminat **TOT SOLET!**

Boicot!

Les Tea Sisters i Shen s'havien quedat **SENSE PARAULES.** Van tornar al gimnàs compungits i van seure tots tristos al seu estand, ja **BUIT.**

La professora Ratèsia va ser la primera d'apropar-s'hi i va intentar **consolar-los**:

—Em sap greu, nois! Un projecte tan útil...

Tot seguit, els altres alumnes i professors, sincerament **decebuts** per l'accident, es van aplegar al voltant de les Tea Sisters.

Vainilla també **FINGIA** estar trista, però dintre seu s'alegrava per l'èxit del seu pla. De fet, ella havia pilotat el tecnomòbil a través del CD. Tot i així, hi havia alguna cosa que frustrava la seva satisfacció... Els equips dels participants al concurs s'havien reunit a l'espai de les Tea Sisters i semblava que tothom volgués oferir-los el seu ajut i consol.

—Podem intentar ARREGLAR-LO —van proposar els valents alumnes de la McLellys.

—Podem intentar **RECONSTRUIR-LO** —van suggerir els nois de Yoshimune, disposats a deixar-los les seves eines.

Fins i tot els **ESNOBS** de Ratridge van comentar:

—Era un projecte excel·lent. El nostre és insuperable, però el vostre també era interessant!

Vainilla va **rondinar,** emprenyada:

—Però, què passa: els rivals intenten... ajudar-les?!? I per què?!? Haurien d'estar contents que les Tea Sisters estiguin **eliminades** de la competició!

L'afecte dels companys i dels altres equips era tan fort que va escalfar el **COR** de les noies.

Shen també va exclamar ben decidit:

—Tenen raó, noies! Hem de recuperar el

nostre prototip. **No tot està perdut!**
Paulina va apuntar un somriure i es va animar de nou:
—Potser no aconseguirem arreglar-lo per a aquest **concurs,** però podrem entendre què ha fallat...
—...i participar a la propera edició del concurs! —va concloure Nicky, agafant una **clau anglesa** i passant-la a Pam.
Ella va aixecar els ulls i la va mirar durant un segon. Després va agafar la clau anglesa:
—Tens raó, germana. **Només les pizzes crues es rendeixen.** Anem a recuperar el nostre tecnomòbil!
Mentre Pam i Nicky recuperaven l'invent, que havia aterrat sobre uns **matolls** que havien esmorteït el cop, Paulina i Shen analitzaven l'ordinador, a la recerca d'un **error** del programari.
Malauradament, el concurs d'aquell any

s'havia esfumat. Però quan Pam i Nicky van tornar al gimnàs amb la **mala notícia,** en van trobar una de ben **PITJOR!**

—Això no hi era aquest matí, al meu ordinador! —va dir Paulina ensenyant el petit DISC de Vainilla.

—I ha estat precisament el disc que ha escampat el virus donant ordres equivocades al nostre tecnomòbil! —va confirmar Shen.

Nicky va mirar Pam, i les dues noies van concloure plegades:

—Algú ha volgut eliminar-nos del concurs!

Sota sospita

—No em puc creure que algú aquí a la universitat ens hagi volgut boicotejar! —va xiuxiuejar Violet.

Després de les paraules de l'amiga, Nicky es va sobresaltar:

—Tens raó, Viví!

Violet i les altres noies la van mirar amb perplexitat, però Nicky va explicar de seguida:

—No podia focalitzar els INDICIS, però la frase de Violet m'ha donat la clau correcta. Si no ha estat algú de la universitat, deu haver estat algú... que ha VINGUT DE FORA!

Per fi els esdeveniments d'aquell dia estrany i tràgic començaven a tenir sentit.

Nicky va continuar:

—El matí de la selecció dels projectes, al port vaig topar amb un individu molt **ner-viós**, que mai no havia vist abans. Va arribar al matí i tot seguit el vaig trobar aquí a la universitat... **xerrant** amb Vainilla!

—Vainilla! Un altre cop ella! —va explotar Pam.

—**I no és només això!** —va acabar Nicky—. El mateix individu també ha aparegut aquest matí, quan el robotalp s'ha capbussat a la banyera...

—Jo també m'hi he fixat! —va recordar Violet—. Semblava **molt amoïnat** pel prototip de Vainilla... Fins i tot més amoïnat que ella!

Paulina tenia més **SOSPITES** per compartir amb les seves amigues:

—L'actitud de Vainilla ja em va semblar **estranya** quan va presentar el projecte: semblava que no sabia ni tan sols per a què serveix el seu **INVENT!**

—És cert! —va confirmar Colette—. I heu vist aquella estranya **diadema**? Doncs, si voleu saber la meva opinió, aquell giny segur que no el va comprar en una botiga d'**accessoris de moda...** i no és el seu estil!

Les noies es van girar alhora cap a l'estand de Vainilla i la van veure mentre jugava distreta amb les petites hèlixs del seu prototip. Una es va trencar i se li va quedar a les potes. Vainilla es va posar vermella i, incòmoda, se la va tirar a les espatlles, intentant passar desapercebuda...

Pam va resumir el pensament general:

—Aquí hi ha rata amagada. Jo crec que hem

de buscar aquell ESTRANY rosegador i fer-li unes quantes preguntes sobre la seva presència a la universitat!

—Ja ha arribat el moment de l'entrada del JURAT —va intervenir Violet, mirant el rellotge—. Podríem separar-nos: dues anirem a buscar l'individu que ha vist Nicky i les altres es quedaran aquí vigilant Vainilla i el transcurs del concurs.

Paulina es va apropar a Nicky:

—Hi anem nosaltres, a buscar aquell individu?

—D'acord! —va exclamar Nicky—. Com més aviat el trobem, abans tindrem les respostes que busquem!

Colette, en canvi, continuava observant la diadema de Vainilla, que havia deixat sobre la taula.

Com que volia OBSERVAR-LA de ben a prop, es va dirigir cap a l'estand de Vainilla i li va preguntar:

—Que bonica, la teva diadema! **Me la puc emprovar?**

Va estirar la pota, però Vainilla la va agafar de seguida i se la va posar al cap:

—***Treu les potes!*** És delicada!

Quina actitud més estranya!

QUINA PLANXA!

Per fi el tribunal va ENTRAR, acompanyat pel rector De Ratis. I no hi podia faltar Vissia De Vissen, que havia vingut per assistir al triomf de la seva filla Vainilla. Entre el brogit emocionat dels estudiants, els cinc científics de fama MUNDIAL que formaven part del jurat es van apropar al primer equip.

Els dos nois de la McLellys havien creat un teixit especial, capaç d'acumular els rajos del SOL de dia i emanar llum de nit.

Van tapar les finestres del gimnàs per comprovar que l'invent funcionava, però... la tela

només va emetre una feble guspira i tot va quedar a les FOSQUES!

—Ehem —va dir Jeff en veu baixa—. Potser encara l'hem de perfeccionar...

Els nois de la Universitat de Swagat, en canvi, van presentar el seu **pelapatates** universal.

—Pot pelar qualsevol fruita o verdura en un segon! —va explicar el cap de l'equip, agafant un giny estrany semblant a una ARANYA de colors.

Els jutges van voler provar-lo amb una **patata,** però la màquina la va pelar massa i va quedar... una patata tan petita com un cacauet!

La presentació de la Universitat de Yoshimune tampoc no va tenir gaire èxit. El seu invent era un líquid **fertilitzant** especial, capaç d'afavorir el creixement de qualse-

vol planta en molt poc temps. Però els **llimoners** triats com a mostra van madurar tan de pressa que es van **PANSIR** a l'instant!

Així doncs, els jutges van continuar el seu recorregut entre **ALTS** (pocs!) i **BAIXOS** (molts!) mentre Nicky i Paulina escorcollaven la universitat a la recerca del rosegador **MISTERIÓS.**

Va arribar el moment de la presentació de

Vainilla. Una vegada més, la noia es va ajustar al cap l'estranya diadema que havia fet sospitar Colette i va començar a declamar, segura:

—Aquesta és una ECOILLA flotant i autosuficient...

Però tan bon punt Vainilla va començar a parlar, Paulina va sentir un brogit des d'una habitació al passadís al costat del gimnàs.

De seguida va cridar Nicky amb un gest i es van APROPAR plegades a la porta tancada.

Van poder distingir amb claredat unes paraules pronunciades per una veu masculina:

—...l'illa aprofita el moviment dels corrents marins...

Paulina va obrir la porta de bat a bat i... a l'habitació hi havia precisament l'individu que Nicky i ella estaven buscant!

Duia una diadema verda idèntica a la de Vainilla, amb un MICRÒFON!

Quan va veure entrar les dues noies, el rosegador va tenir un ensurt:

—ESCARRITX!

Al mateix instant, Vainilla va repetir:

—L'illa aprofita els corrents marins... ESCARRITX!

Vet aquí el misteri de la diadema: era una ràdio transmissora, amb la qual l'estrany rosegador podia suggerir-li a Vainilla totes les respostes correctes!

L'individu es va aixecar i va FUGIR al passadís. Però Nicky el va atrapar i el va tirar a terra, mentre Paulina l'ajudava a bloquejar-lo.

—P-puc explicar-ho tot! —va tartamudejar.

En el mateix moment, davant de les mirades perplexes del jurat, Vainilla també va murmurar:

—P-PUC EXPLICAR-HO TOT!

El geni autèntic

Vainilla, en realitat, no sabia com **sortir-se'n,** però Nicky i Paulina li van estalviar l'esforç d'inventar-se una altra mentida!

Les noies havien sentit la confessió del rosegador i l'havien convençut que expliqués la **veritat** davant de tothom.

—Aquest és el professor **Ratinstein** —el va presentar Paulina, en tornar al gimnàs—. És enginyer aeronaval i... **inventor** de l'illa de Vainilla!

—Què?!? —va exclamar Octavi Enciclopèdic De Ratis, **VERMELL** com un pebrot—. Quina història és aquesta?

—És cert! —va admetre en veu baixa l'engi-

nyer, avergonyit, però també alleujat per no haver de continuar mentint—. El projecte és meu i hi estic treballant des de fa anys. Malauradament no tenia més diners per continuar la recerca, i...

El president del jurat, el sever professor Mousing, el va interrompre:

—I ha decidit vendre'l a Vainilla De Vissen perquè fes TRAMPES al concurs!

—No! —va exclamar Ratinstein amb una

punta d'orgull—. Jo **CREC** en el meu invent! Serà molt beneficiós per al sector agrari! No importa si el projecte porta el meu nom o el de Vainilla... l'important és que es **rea-litzi!**

Vainilla s'havia tornat **vermella** com un tomàquet, però no va obrir boca per justificar-se.

Octavi Enciclopèdic va mirar la seva alumna TRISTAMENT.

—Què? No tens res a dir per disculpar-te? Aquest esdeveniment qüestiona la credibilitat de la nostra universitat i m'obliga a prendre unes **MESURES MOLT SEVERES!**

Vissia De Vissen, després d'aquelles paraules, va reaccionar immediatament:

—Aquest estafador no pot demostrar res del que ha dit! Trucaré als meus advocats! —va **bramar**.

La situació semblava realment GREU.

Les Tea Sisters van intercanviar una mirada preocupada: tot i la seva deslleialtat, no volien que Vainilla fos EXPULSADA de la universitat!

De cop i volta, de la multitud d'alumnes va sortir Vik, que es va apropar a la seva germana i va parlar en veu alta, de manera que tothom el pogués sentir perfectament:

—Ànims, Vainilla! Ja no té sentit continuar mentint!

Vainilla el va mirar fixament sense entendre'l, però ell insistia:

—No has d'assumir tota la responsabilitat!

Ja és hora que confessis el nostre secret!

DOBLE COP D'ESCENA

Al gimnàs no se sentia ni piu: tothom callava a l'espera de la nova **REVELACIÓ** de Vik!

—Vainilla i jo teníem un pla, és cert —va explicar, adreçant-se al rector—. Però l'única **víctima** del nostre complot era la nostra mare!

Després d'aquelles paraules, Vissia es va quedar de pedra, i va fer uns ulls com unes taronges:

—Però què estàs dient?!?

Vainilla encara no ho entenia, però Vik la va tranquil·litzar amb un **gest** que volia dir: «Tranquil·la, jo me n'ocupo!».

—Nosaltres sabem com estimes la ciència! —va continuar Vik, parlant amb la seva mare—. Sovint fas servir els teus **diners** per al bé del progrés, però ets molt exigent i només vols finançar els projectes més importants!

Vissia De Vissen estava a punt de replicar que no li importava res de la **CIÈNCIA**, però es va adonar que els famosos científics l'observaven amb admiració i es va aguantar.

Llavors, Vik es va adreçar directament al jurat:

—La meva germana i jo **CREIEM** que el projecte del professor Ratinstein és excepcional, però no sabíem com **CONVÈNCER** la nostra mare!

Els científics i el rector seguien l'explicació

de Vik amb interès. Entre el públic algú començava a entendre el seu PLA.

—Aquest noi és sorprenent. És molt més sensible del que sembla! —va murmurar la professora Plié al professor Show, al seu costat.

Ell va somriure.

—Ja m'hi havia fixat. El jove De Vissen té una gran sensibilitat... per INTERPRETAR!

Mentre el noi continuava la **comèdia**, la seva mare i la seva germana van començar a intuir que Vik els estava oferint una manera per sortir-se'n d'aquell **EMBOLIC** i van seguir el seu joc.

—**És clar!** Per això he decidit participar en el concurs Rats per la ciència amb el projecte de Ratinstein! —va confirmar Vainilla—. Si el projecte hagués tingut èxit, la nostra mare ja no hauria dubtat i l'hauria **FINANÇAT!**

—D'aquesta manera, però, podíeu guanyar el concurs i us hauríeu quedat el premi —la va interrompre Rebekka de Ratridge, indignada.

Aquest cop va ser Vissia qui va ajudar els seus fills:

—**Oh, però jo no ho hauria permès!** Quan decideixo finançar un projecte m'agrada fer-ho tota sola!

—I això és el que ha passat —va concloure

Vik, amb un SOMRIURE satisfet—. La nostra mare ha decidit finançar la recerca del professor Ratinstein durant els propers **10 ANYS!**

Vissia es pensava que tot plegat acabaria amb una petita subvenció, però quan va sentir que l'havien **ENREDADA** durant deu llarguíssims i caríssims anys... **gairebé es desmaia!**

El rector no sabia què fer: la versió de Vik salvava la dignitat de la universitat, però per protegir la serietat del concurs no podia passar-ho per alt.

Afortunadament, la professora Ratcliff va suggerir una solució:

—Proposo RETIRAR del concurs el projecte de Ratinstein, que ja ha obtingut el finançament que es mereix.

Després va afegir:

—D'aquesta manera la Universitat de Ratford quedarà exclosa del concurs i no obtindrà cap avantatge d'aquest embolic!

El rector ho va aprovar i va afegir:

—A més a més, el Consell Acadèmic farà una reunió EXTRAORDINÀRIA per decidir un càstig per als De Vissen i per elegir el **comitè científic** que revisarà el finançament del projecte de l'enginyer Ratinstein.

El concurs podia continuar i tot tornava a la normalitat!

EL PROJECTE SECRET

El jurat va acabar el seu examen amb el robotalp de la Universitat de Ratosky i amb el MISTERIÓS projecte de Ratridge, que fins a aquell moment estava protegit amb unes mampares de cartró i tapat amb un teló gruixut.

Aquest cop, el robotalp Tamara es va portar de forma impecable i el tribunal el va considerar molt útil per trobar les fonts d'AIGUA també als llocs més impracticables i desèrtics... I a més era molt simpàtic!

Però la curiositat general es concentrava sobre el projecte secret dels alumnes de Ratridge.

Rebekka, la portaveu del grup, va anunciar:

—Hem inventat... la revolucionària cabina massatgista **salvapelatge!**

Els seus companys van treure les mampares i els telons i per fi tothom va veure què era: una CABINA plena de raspalls, cilindres i rodes que s'assemblaven a eriçons de plàstic.

—Podem rentar, desenredar i desinfectar qualsevol pelatge en **POCS MINUTS!** —va explicar la noia, tota orgullosa—. Ara us en faré una demostració i veureu com sortiré de la nostra màquina més **neta** i arreglada que mai!

Es va treure el xandall i es va quedar en banyador, va entrar dins la màquina i la va engegar. Aviat va desaparèixer en un **REMOLÍ** que allisava i fregava des de les puntes dels bigotis fins a la punta de la cua!

DDDDDDDRRRRRRRRRRRRRR...

Després de tres minuts exactes d'aquella sessió, es va sentir una refilada i la màquina es va aturar.

Rebekka va aparèixer enmig d'un núvol de vapor: semblava que hagués sortit d'una màquina compressora!

—Potser està més neta, però de ben segur que no està més bonica! —va comentar Colette, commoguda per l'aspecte de la noia—. **Pobrissona, està feta pols!**

En un tres i no res se li va apropar i la va arreglar amb els seus inseparables productes de bellesa: olis, cremes i cosmètics naturals!

—INCREÏBLE! —va comentar Rebekka després d'aquella sessió.

—No hi ha res d'estrany, amiga! —li va confiar Colette—. És la NATURA que ens fa boniques, no una màquina!

Paraula de Colette!

Guanyadors inesperats

Mentrestant, el jurat s'havia retirat a deliberar. L'espera va ser breu: tots els membres estaven d'acord amb el VEREDICTE!

El president del tribunal, el professor Mousing de la Politècnica de Maussedorf, va declarar:

—El projecte GUANYADOR és...

Durant un instant els alumnes es van aguantar la respiració.

—...El robotalp de la Universitat de Ratosky!

Els aplaudiments van ser calorosos i sincers! Irina, Pavel i Igor van pujar damunt d'una taula com si fos un escenari.

—Estem en deute amb Violet. Ens ha donat **suport** i ens ha **ajudat** durant tot el concurs —va declarar Irina—. Per això, hem decidit que a partir d'avui, en honor seu, el nostre robotalp es dirà... Tamara Violet!

Per **celebrar** la cloenda del concurs, els professors de Disciplines Artístiques van organitzar un **espectacle** inspirat en la ciència.

Uns alumnes van interpretar unes **esce-nes** divertides, Ratèsia va presentar unes cançons que els seus alumnes havien compost per a l'ocasió i... Zoe, Connie i Alícia es van exhibir amb el seu divertit **ballet astronòmic**, sota la mirada benèvola de la professora Plié!

Després de l'espectacle, tots els estudiants es van intercanviar les adreces i les Tea Sisters van fer un munt de **noves amistats!**

Pam i Shen van treure del garatge el **tecnomòbil** recuperat del matoll: al professor Ratinstein li havia agradat el projecte i, per fer-se perdonar, els va oferir uns consells útils per **REPARAR-LO.**

Només els De Vissen van marxar abans de la festa.

Vainilla estava capcota, i Vissia estava **ENFURISMADA** i no es calmaria ràpidament... Probablement trigaria deu anys!

En canvi, Vik no només semblava SERÈ, sinó que semblava que estigués rient!

—Vik ha sigut molt llest —va observar Violet—. Ha salvat la seva germana de l'expulsió de la universitat i ha obligat la seva mare a subvencionar el **projecte** del professor Ratinstein durant deu anys.

—Tens raó —va comentar Paulina—. El concurs ha acabat de la **millor manera** possible!

—Fins a l'any vinent, noies... amb un tecnomòbil encara **MÉS BONIC!** —va exclamar Pamela, abans d'estrènyer les seves amigues inseparables amb una forta abraçada!

Visca!
El nostre invent!
Extraràtic!
Visca!

Índex

AVENTURES A RATFORD

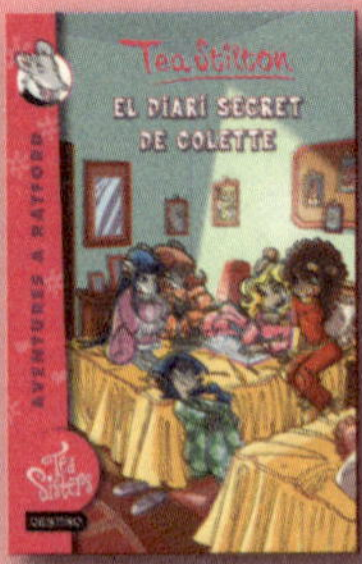

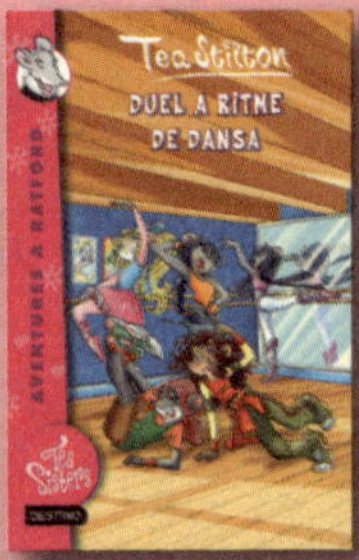

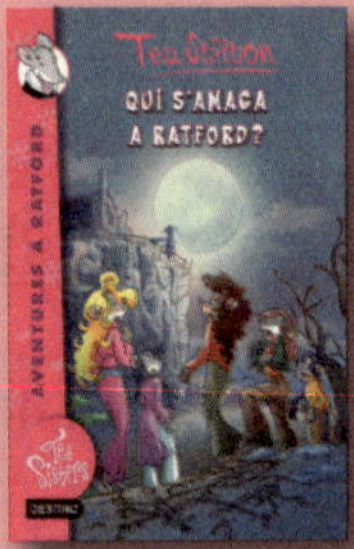

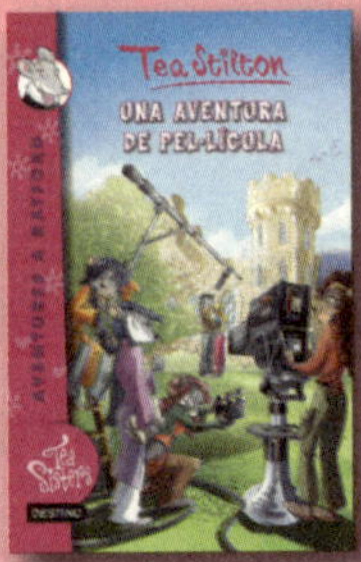

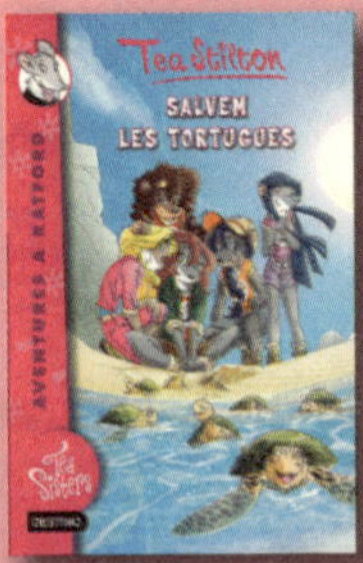

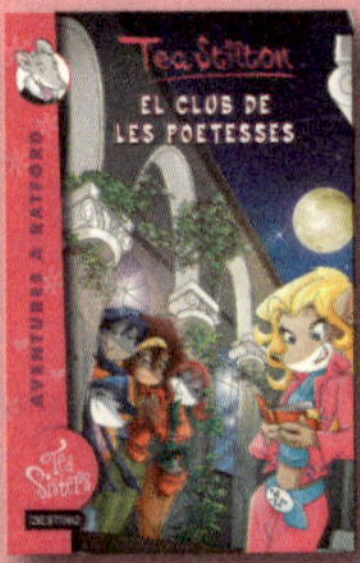

❑ 1. El codi del drac

❑ 2. La muntanya que parla

❑ 3. La ciutat secreta

❑ 4. Misteri a París

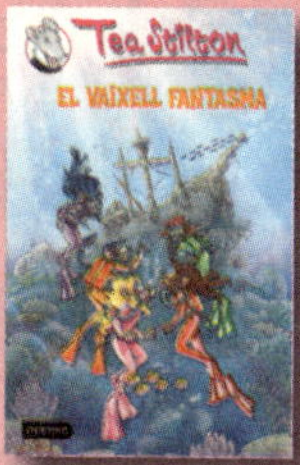

❑ 5. El vaixell fantasma

❑ 6. Un bon embolic a Nova York

❑ 7. El tresor de gel

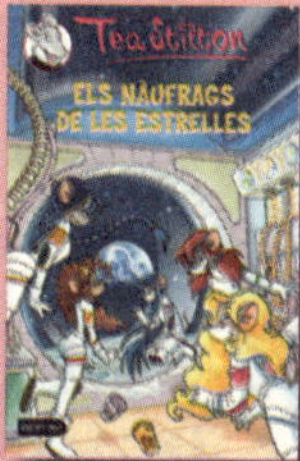

❑ 8. Els nàufrags de les estrelles

❑ 9. El secret del castell escocès

❑ 10. El misteri de la nina desapareguda

❑ 11. La caça de l'escarabat blau

❑ 12. La maragda del príncep indi

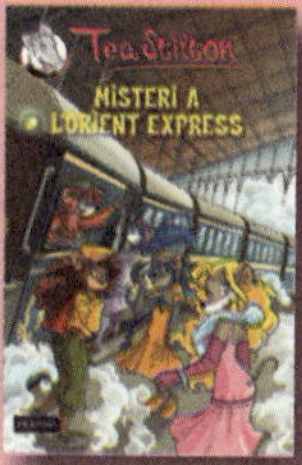

❑ 13. Misteri a l'Orient Express

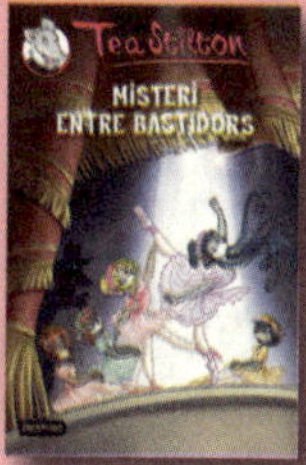

❑ 14. Misteri entre bastidors

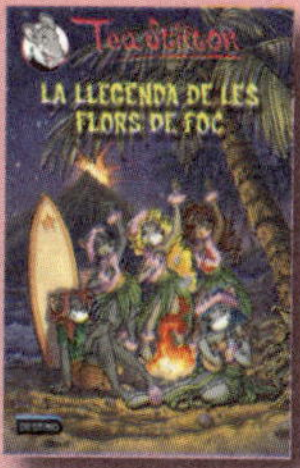

❑ 15. La llegenda de les flors de foc

❑ 16. Missió flamenc

❑ 17. Cinc amigues per a un lleó

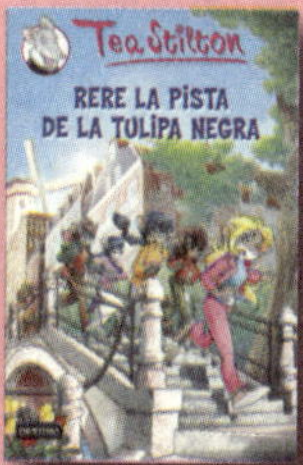

❑ 18. Rere la pista de la tulipa negra

❑ 19. Xocolata a carretades

❑ 20. Els secrets de l'Olimp

N
S
1
2
3
4
5
6
7
8
9
10
11
12
13
14
15
16
17
18
19
20
21
22
23
24
25
L'ILLA
DE LES BALENES

L'Illa de les Balenes

1. Pic del Falcó
2. Observatori astronòmic
3. Muntanya dels Espadats
4. Plaques fotovoltaiques per a l'energia solar
5. Plana de les Cabres
6. Punta Ventolana
7. Platja de les Tortugues
8. Platja de les Arenes
9. Universitat de Ratford
10. Riu dels Barretets
11. L'Antiga Formatgeria: fonda i seu de la «Navegació Ràtica Transports Marítims»
12. Port
13. Casa dels Calamar
14. Zanzibasar
15. Badia de les Papallones
16. Punta dels Musclos
17. Escull del Far
18. Escull del Cormorà
19. Bosc dels Moixons
20. Vil·la Marea: laboratori de biologia marina
21. Bosc dels Falcons
22. Gruta del Vent
23. Gruta de la Foca
24. Penya-segats de les Gavines
25. Platja dels Ruquets

RATFORD
1
2
3
4
5
6

9
7
8
10
11
12
1. Camp de joc
2. Allotjament dels professors
3. Club dels Llangardaixos
4. Jardí florit
5. Torre del Sud
6. Club de les Sargantanes
7. Despatx del rector
8. Jardí de les Plantes Aromàtiques
9. Torre del Nord
10. Menjador
11. Aula Magna
12. Escalinata dels Mapes Geogràfics